LES PAS FANTÔMES

ÉDITIONS LA PEUPLADE
339b, rue Racine Est
Saguenay (Québec)
Canada G7H 1S8
www.lapeuplade.com

DÉPÔTS LÉGAUX
Bibliothèque et Archives
nationales du Québec, 2024
Bibliothèque et Archives
Canada, 2024

ISBN 978-2-925416-18-0

•

Les Éditions La Peuplade reconnaissent l'aide financière du gouvernement du Canada pour ses activités d'édition et remercient le Conseil des arts du Canada, la Société de développement des entreprises culturelles du Québec (SODEC) et le gouvernement du Québec, par l'entremise du Programme de crédit d'impôt pour l'édition de livres du Québec (gestion SODEC), du soutien accordé à son programme de publication.

Financé par le gouvernement du Canada | Canada

POÉSIE

François Turcot

LES PAS FANTÔMES

Pour A.

L'ÉTAGE DU CŒUR

Je donne, moi aussi, à la douleur
la forme d'un lieu où l'on se pose,
ébahie. Je perçois un alunissage.
La métaphore surgit.

— Charlotte Biron
JARDIN RADIO

Parfois des semaines après les ombres c'est l'aube
indélébile à l'étage du cœur, l'œil entrouvert je devine
une montagne sur le bout des pieds

le regard clair m'enfuis vers ces jardins qui ne sont pas
les miens

Au balcon des volutes comme au seuil d'une question
je redescends aussitôt vers celui des fleurs

en nuées les pensées se resserrent, rares nuages évanescents

Sous le radar indétectable s'éclipsent les revers, les
tumultes

ceux des quatre chambres et de leurs épanchements,
ceux des vents qui détachent, emmènent

L'étage du cœur c'est peut-être celui haut perché où se dilatent les temps, celui des cent pas où tour à tour astronome, espion, médecin et patient j'élabore des hypothèses – mes théories

C'est peut-être aussi celui des digues et des brides, des calculs malgré tout, des fatigues d'horizons

l'observatoire des univers au ralenti direction atmosphère sud des éveils

Au bas des paliers en suite de degrés sur terre silencieux
j'ouvre la marche

par ricochet m'éloigne et me trompe
pleine stupéfaction

Dès lors hors-jeu virent rebelles les lierres allumés

penche l'arbre aux voyages immobiles

Émonder le monde, éclaircir ce qui dépasse et que je rencontre, tailler la lune en faisceaux

aérer les restes de la nuit, la désherber en avancées discrètes – j'élague, respire, aide à aller mieux

Et par d'étranges prières, le cœur décalé à me réconcilier avec tout ce qui vibre, attend

nulle part je dis champ gauche - positionnement

C'est là, engagé dans la profusion des plantes qui
soignent encore, guettant ce que j'ignore jusqu'aux
carrés privés de lumière des ruelles sans fin

qu'invisible je m'invite aux jardins des déviations

BATTEMENTS

De quel jardin parles-tu
et de quel temps ?

— Shahrokh Meskoob
Dialogue dans le jardin

UNE AMORCE

Je jette dans la marge
une amorce

remuante autour
cette joie retournée –

bande d'averses forts
vents

éclisses écorces
grises

rayures nettes signes
de vie

CUEILLETTE MATINALE

Agenouillé au remblai
du jour
comme une plante qui se nourrit
des brumes

– serai-je ce nuage
étalé – ce cirrus

côté cour une nouvelle
étonne

j'apprends comme chaque matin
à me taire

BATAILLER FORT

Égaré comme la première guêpe
d'avril

sur des sanguinaires
en fleur

batailler rêver fort
d'apesanteur –

diaprée limpide qu'importe
tourner la page

une seule saison me sépare
des réveils

DE DOS

Parfois sur cette île
qui me voit vieillir
des mirages dédoublent
les temps –

plus bas à deux rues
cinquante pas
est-ce moi, courbé
au-dessus d'un plant
de courges

dans le reflet sévère
d'un seau de pluie ?

COUPLETS

Parfois la peur au ventre
je fais des sacs bleus
remplis de couplets
et cesse de croire

j'arrose la terre en chantant
et désherbe mes torts

recense les insectes à qui
je n'ai rien dit

désobéis et soutiens
du regard

les flaques d'eau
qui sèchent trop lentement

MON VOISIN ENTOMOLOGISTE

J'aimerais avoir un voisin entomologiste
avec qui voyager
je le rejoindrais par la ruelle
parler monarques et autres migrations
vers Oaxaca –

il serait peut-être ébouriffé
sur son perron d'août
à octobre
vieux comme le périple
des papillons
loin de ses livres et proche
du mien
en chemin de signes

POINTILLÉ

Un jour sur le mur j'épinglerai
ma carte des rivières

en pointillé qui sait tracerai-je
des descentes, des rapides

eaux étroites et chemins
versants
turbulences et autres
courants
jusqu'aux lacs calés
sans fond –

au sec dessinerai-je
des roseaux ?

REGARDE FUSER

L'impression persiste l'image
se détache –

sous ce ciel d'ondes
ce n'est pas la montagne
que je regarde fuser –

cette aiguille d'ombre qui s'allonge
– c'est moi

TOUT NE SE DEVINE PAS

Ce jardin sans récolte
survolé de jeunes grives

ce navire en coin de ciel
fripé d'un carreau

mes cinémas de papier mes hypothèses
au galop –

tout ne se devine pas
le cœur inondé à nouveau

CAPPADOCE

Assis à Cappadoce au flanc
d'un ravin
en photos je voyage –

anneaux et veines
de pierre
vallées pourpres trouées
par les yeux d'un enfant

aérien j'erre et ne fais rien
sinon perdre au jeu le soleil

particules fines
au balcon sauvage

DIGITALES JAUNES

À les observer grimpantes
où se rejoue la rosée

trois pousses trois
digitales jaunes
pourtant absentes hier
éraflent le limon, l'escalier –

entre chaque souffle
chaque marche

j'y pressens un désir
en pétioles

UMBRACULUM

Parfois c'est le matin la chambre
se réchauffe et Barcelone
et le parc
de la Ciutadella
résonnent et je me propulse
c'est vrai
à l'angle de Pujades et Wellington
entre les dattiers les yuccas –

j'ouvre la porte l'umbraculum
où se dressent des fougères
du siècle dernier
pour y trouver
offert sur un banc juste là
presque mûr un fruit
un autre poème

HIBERNACULUM

Parfois ce n'est plus pourpre
dehors pâlit, fige -

reste l'hibernaculum
en fer en verre
visité à la Ciutadella
où j'entre où tout
s'épanouit -

recouvert par la lumière aveuglante
des bananiers, des acacias

je voyage sans même quitter
mon propre refuge

CHANTS LOCAUX

Inutile d'aller si loin
dans la fureur timide de mai
deux fenêtres ne s'ouvrent plus

aux coins des corniches
où les questions s'accumulent
j'aimerais m'habiller de printemps
entendre mieux les oiseaux
aux yeux cendrés
opalescents
et me laisser porter
loin de mon nid d'aigle
sur les terres noires
par des chants locaux

PERCE L'ÉPERVIÈRE

Autour du quartier
grandissent mes meilleures intuitions
comme des plantes invasives
en juillet –

salicornes renouées
même l'irrévérence sous l'acier
de la lumière

chardons épineux jusqu'aux crevasses
spontanées
d'un bord de route

perce l'épervière –

VERT MADAGASCAR

Sinueux dès l'aube
magnétique

comme une vision qui obsède
et s'étire

à la vitre cinq jeunes kalanchoés
pointent la cour –

ce soir je sortirai
serai ce passant en retard

pour l'heure je m'exile
vers Madagascar

CYANOTYPES

Au creux de l'été
quand tout prolifère
à en oublier le délire des cigales
en négatif sous le soleil des heures
A. fait des cyanotypes
d'espèces fascinantes –

phragmites, berces laineuses
astéracées
sur des soies imbibées bleu
de Prusse
toutes révèlent l'évidence sensible
en clair
leurs revers toutes

FLIPBOOK

J'ai sur mon bureau 47 pans
de ciels

tous captés du quatorzième
en suspens –

à l'étage des contrôles
où l'on mesure les sangs
où boulevards verts
virent blancs
je sais au loin le fleuve les arbres
vrillent –

toujours je m'évade derrière
les mêmes images

CHAQUE RESPIRATION

Si la nuit écrase les tulipes
lisais-je

si tout se dévore
entre chaque respiration

dans une extraordinaire retenue
éclore –

radicules et tigelles
enzymes des ombres

un gage ne se fait pas seul
pensais-je

lentes germinations

SORBIERS

Si revenu de tout je vois
un bout de rue lourd de fruits
j'avance et reconnais
l'embellie dont raffolent les oiseaux
le suc toxique
concentré dans les arbres sans âge
riches en monstres
en baies -

bosquets compliqués
superbes vertiges

HABITATIONS

Longtemps sur la crête
des habitations

j'ai rêvé mandibules
ailes antérieures

sauts dans le vide
creux du vent

jusqu'au centre
d'un autre système

fait de frissons
noctulescents

LE MONDE

Certains soirs au balcon
en orbite géostationnaire
l'air de rien on peut m'apercevoir
médusé le regard clair
tel un satellite
naviguant à 36 000 kilomètres
de moi-même –

loin d'être un spectacle
à tout moment je fabule

j'effeuille le monde

LES RIENS

Dans la ville d'été flottent
les riens

des riens de petites lunes
qui me tournent le dos

et que ma fille appelle
des riens

des pappus que l'on cueille
l'air de rien

L'ANGLE D'UN CIEL

Souvenir pieux
grisé par la faim

une mouche zèbre
ses regrets
en faisceaux de doutes

interroge l'angle
d'un ciel

parachute
sa foi

capitule jaune
pissenlit

UNE IDÉE S'ORGANISE

Parfois c'est le matin tout se tresse
une idée s'organise se bute c'est un oiseau

à la vitre réfléchie c'est aussi
un souvenir, un nœud
un moineau –

tandis que le jour levé
a la saveur oubliée
du pain trop grillé qui sommeille

TOPAZE

Coin Castelnau
De Gaspé j'entends Ce plant de piment
m'inquiète
tandis qu'assèche la canicule
topaze des cigales
que fondent les fourmis

puces syrphes longicornes
témoin jusqu'au bout

étourdi statique –

je recherche des chants
des mondes

BULLETIN MÉTÉO

Alerte au bulletin météo
à Senneterre les forêts brûlent
et le nord se sature de lueurs
sans nom
mais moi je ne suis qu'une chanson
qui tourne à la radio
comme des avions-citernes
sur Yellowknife
au deuxième
en haut

L'ORANGE DES PAVOTS

Perdu dans l'orange des pavots
à l'échelle je détache

la montagne trop haute
dans un dessin d'enfant

dépasse la frontière
des matinées sans vent

imagine mes faiblesses mes
grandeurs

mais voilà il est 20 heures et j'arrose
des fleurs en feu

belles comme les éoliennes
des Adirondacks autrefois

PLUIE PROLIXE

Lundi sonore pluie prolixe
je syntonise je sais –

goutte à goutte
quelques fulgurances

et l'horizon coupé
à la fenêtre de mon souffle –

je n'invente des présages
pas plus que personne

RUSE GRISE

Pluie douce
en aval
d'un héron –

je m'endors cambré
dans sa ruse
grise

échasses d'un rêve
où clapote
la pluie

FRET

Souvent sur les rails
d'avant l'aube
cent wagons hypnotiques s'alignent
comme une phrase elliptique
une partition en boucle
m'éveillent –

grondent vers quatre heures
et des poussières
les trains de fret, de grains
qui ne sèment pas
d'obsessives lubies

AVANT L'ORAGE

Cachés dans le revers
des feuilles

cinq bruants alarmés
en grappes de fruits

tremblent – radars
et pressentiments

ou est-ce cette pensée répétée
d'avant l'orage
que je n'attendais pas ?

LES HERBES MURÉES

Cailloux lancéolés gouttelettes
sombres –

réserve de peurs laissées
pour compte

il n’y a plus de gardien
dans la zone

gonflée des mousses
en vain

LES GRÊLONS

Rare radicale
une chute de grêlons
fouette l'été
m'éloigne d'une gorgée
de bulles
m'élève l'instant
d'une averse
où s'évaporent
les bonnes intentions

NOYAU D'ARRACHEMENT

Inédite tel un murmure
qui soulève la lumière rude
des mélèzes
le calme fou des pigeons

parfois une chanson
revient à la charge –

nid de fourmis remué
par un bâton

poignées de paroles jetées
sur un feu de camp

envol choral aux saccades
affolantes

PAS UN CHAT

Présomption après la pluie
dépourvue de héros

entre manigance et regard
clair

le cœur météorite
sur le trottoir

temps mort
aux escargots

BOL D'AIR

Fouetté entre deux
souches

nid d'abeilles, chien d'ombre
l'œil se balade -

détachée une hantise passe
est-ce lundi

pas question d'un bol d'air
c'est le petit matin

pas question de répondre
à quiconque

tout juste tendre
la main

INFLORESCENCE

Euphoria
battements d'ailes

ombelles
tapis d'herbes

midi sonne passe une grive
frénétique –

quatre cumulonimbus se déclinent
verticaux

manquent d'oxygène
comme une variété de croyances

CELESTRON

Derrière les ormes les épilobes
des appartements
même si elle vénère la bruine
A. souhaite posséder un télescope
un Celestron
et que la ville s'éteigne
les mardis

se détache des nuages
les jeudis

depuis qu'elle a vu Saturne
et l'élan de la lune
au dernier croissant
se coucher au fond
de son œil droit

TÊTE PLEINE

Aussi pensais-je la tête
pleine de bouleaux

branches cassées et autres
foudres

toute personne qui tombe
a des ailes

toute lumière fendue
se cisèle

tandis qu'au ras du mur
qui s'écaille

deux libellules s'élancent
se sauvent

PIEDS NUS

Entouré d'érables d'arbustes aussi
de gerbes

entre les rues Sewell, Clark
et avenue des Pins

s'offusque dans un parc
le corps frêle d'une statue –

c'est Mihai Eminescu, debout
coulé en bronze pieds nus –

au soleil s'abandonne
une figurine perdue

Campé comme un seul
arbre

géant aux jambes
d'argile

un papillon m'évite, voyage –

pétales et cercles
friables

j'ai beau le reconnaître
où vont mes certitudes ?

ZONE LIBRE

Forteresses transparentes
et nœuds de vie
je n'en reviens pas –

sous le revers furtif d'une feuille
de saule
l'araignée safran est un oiseau
rare comme tout le monde

fils d'alertes en collier de signes
désirs envolés qui aussitôt
se devinent

je reviens sur mes pas –

RADIALES

Par intermittence
au gré de mes voyages
botaniques
cachée comme un pavot une fraise
des champs
A. me chuchote son absence
dans la touffeur
d'une page d'été –

je lui colore aussitôt
une tige remarquable
où s'élèvent, radiales
trois de ses épines

PAS DE SUJET

Scintillantes parmi les lierres
au marqueur en lettres attachées
lire – Je désire
comme un soir
qui n'attend pas de sujet

recul et battement
de cils
quelque chose se détache
tombe –

est-ce un secret
noué au fond de moi ?

À QUIA

Plongé dans la lumière coupante
impensée des fougères

à quia
pas de réponse –

tout s'éveille tout grommèle
sournois

une goutte éclate
chez le voisin revenu

SUPPOSITION

Vacher merle passiflore
au jardin fertile
piaillent les plantes bourgeonnent
les soupçons –

trompeuse une tige de liseron plane
au bec d'un pic
déjà disparu
alors qu'hurle un chien
et que je suppose toutes ses failles

LES EFFONDREMENTS

Au parc atone loin
des agitations

deux étrangères adossées
à l'horizon

qui recule parlent effondrements
se taisent –

sur leurs épaules
orangées

des carouges au langage pauvre
se frôlent

DIPTYQUE

Séparés par le fleuve
creux des rires

à distance s'espionnent
les insomniaques –

sur leurs murs des lignes simples
laissent passer une lumière

où s'entrouvre, dessinée
la porte d'une maison –

posté devant l'œuvre j'entre
et traverse les rives

UNE VOIX RACONTE

Dos au mur de pruche blanc
grésille la radio

ou est-ce l'interférence
des corbeaux

qui tournent sur eux-
mêmes –

une voix raconte ses voyages
à double tour

s'envole
et sa musique

COSMOS

Hier en pleine terre
j'ai lancé au fond du soir

une idée une poignée
de semences –

espéré la pluie
noire

un essaim
de cosmos

une assemblée
en forêt

COUP DE VENT

Ce jour aura-t-il une date
je l'ignore

au jardin sauvage
pleines fictions

le temps est une vrille
envolée

les herbes brillent
expirent –

tout migre tout tangue
coup de vent

HYPOTÉNUSE

Refuge et terrain de jeu
les pas contraires c'est pareil

loin du Cap-Vert
et de la Matapédia

tout comme quand je ne suis pas là
bonsaï et monstera

mûrit l'année la plus ouverte
du reste de notre vie

D'AUTRES PLATEAUX

L'arbre devant est une foule
et mes amis occupés
à rêver mieux –

c'est le temps de rentrer
balayer la poussière du regard
garder le fort à l'étage
des bagages stériles

et table de peine, table de joie
retrouver les grandes respirations

LES FLEURS DE TABRIZ

DEUX MÈTRES CARRÉS, ET L'UNIVERS

Quand la nuit tombe
sur l'été qu'allongent
les bons plans
au salon je plonge dans les fleurs
de Tabriz
et m'invite parmi tous ses jardins

au centre du tapis perse, écarlate
jambes croisées filent
mes voyages intranquilles

AUX ÉCLUSES

Parfois aux écluses contre le dos
des silos
sous le soleil des vinaigriers
je me revois chercher l'ombre
de Rûmî

Quai de l'Horloge sur le bord
des canaux

je flotte en bordure
d'un lis d'eau

perdu dans les motifs
du tapis

POSSIBLES

Chardon et sumac
au champ des possibles

certains souvenirs sont en friches
et ces friches mes jardins

coquelicot monarde chicorée
débordant du cœur kaki de la ville

nœuds-lumières
où poussent depuis
radicaux et libres
des désirs envahissants

ARBORETUM

Debout la nature triomphe
coin nord du tapis
et j'entends Il m'est devenu indispensable
de revenir ici
Boisé Saint-Sulpice
pour herboriser
les racines de ma vie

un arbre tombé dort
et son histoire
survivra à l'hiver
tandis que je parcours
un soir d'août
comme un sentier inédit

LE JARDIN DE LA TRADUCTRICE

J'aime lorsque des voix reviennent
tissées au salon des asymétries

en bataille ce sont des gadelles
des capucines
comme celles de Luba
épatant bouquet d'hésitations

Jardiner c'est se projeter
dans un avenir incertain répète-t-elle
et je souris aux langues amies

peu de lumière éclaire
l'impossible repos

TAÏGA

Parfois c'est le matin je refuse
les tâches il fait froid
il n'y a rien que le cœur
qui bat

coin nord-ouest une multitude
de fleurs sérielles
ornent le contour de ma vue
et je feuillette un herbier
sans texte sans nom

terre de petits bâtons
aux échardes translucides

FONDS MARINS

Parfois la nuit c'est la flotte je conduis
un navire
et avec A. nous migrons
au-dessus des profondeurs

est-ce la fourrure fluorescente
des jardins sous-marins
déchirée par la coque des cargos
qui réclame au loin les rayons
de la lune ?

Nous voguons tout s'illumine
au creux des couloirs de navigation

AUTRES SAISONS

De tous les jardins oubliés
me restent deux photos inédites
d'un domaine à l'abandon
que j'ai longtemps émondé
où fanaient mes fins d'été
et leurs ravages

en accéléré au ralenti comme si
je pressais le bouton d'une manette
au tapis se rejouent ses textures inchangées
films retournés où se taisent
dérives et défaites
murets de pierres vestiges
laissés au sud
des autres saisons

PRIS D'ASSAUT

Beaux et affolés
comme les fruits rouges interdits de l'enfance
qui soûlent encore les oiseaux
les fleurs toxiques le charme
des entolomes des gyromitres

il arrive dans la lumière trop claire
des coulées
où tout pousse pêle-mêle
où l'on se reconnaît apeurés
à l'image des renouées
multipliées en nous-mêmes.

Phragmites nerpruns pissenlits moi aussi
je suis pris d'assaut
mauvaises herbes splendides

D'APRÈS NATURE

Parfois je me revois parmi les brûlés
à planter le nord
reboiser le monde des vautours du matin
et comme dans un film muet
d'après nature
noyautée sous le travail du soleil
à espérer un jardin
la vie récidive

s'étire une tige cendrée le héron
de l'autre rêve

à Red Lake des milliers de pins
pointent mes promesses oubliées

SOUS LES NEIGES

À se dire bientôt sous les neiges
alourdie la tête penche
refoule comme un bulbe
vers le mont Écho

est-ce l'anémone recouverte
d'un souvenir
l'iris juste là ou le calme
des épinettes à venir
qui me guettent
quand je pose mon verre
sur des flocons révolus ?

PAGE BLANCHE

Parfois rien ne vient impossible
de dire si

accroché à la mémoire
le vide fait encore parler

sous le tapis l'angle mort
palpite

est-ce un mirage
à résoudre ?

Rien ne vient tout s'invente
au jardin des disparitions

LES ÉCHAPPÉES

Accoudé étendu le regard tourné
en l'air
s'élever se défaire
rebondir vers le ciel apparaître là
où on ne m'attend pas

là où les anonymes les échappées
s'improvisent naturellement

cumulus renversés jardins suspendus
révérences et émerveillements

ANDROMÈDE, LE JARDIN ÉTOILÉ

Combien de fois retrouvé à se dire
jamais assez

répété un tapis est un chemin est un jardin
où se poser
et le récit tissé d'une trame d'infinies
suppositions

sur le tapis de Shahin de Belqis
avec A. qui s'étonne devant le ciel
des projets
on dit Ghali pas Ghabeh
et on s'assied pour penser
sanctuaire sans révélations

ensemble on rêve à la galaxie d'Andromède
un soir aperçue
petite nuée blanche qui contiendrait
mille milliards d'étoiles
à l'Astrolab de Mégantic lorsqu'en août
Saturne dessine ses anneaux

aux observatoires Lowell et de Córdoba
puis à ceux situés au sommet
du volcan Mauna Kea
sur l'île d'Hawaï
tous appelant d'autres jardins
d'autres constellations

ceux de Métis ou du Missouri
celui d'Eram à Chiraz ou à Ispahan
le Botánico Culiacán le Brooklyn Botanic
Garden le négligé d'Agra
et pourquoi pas la Villa d'Este à Tivoli

un tapis est un jardin est un chemin
multiplié d'horizons

assis suis-je encore sur une île dans une ville
la veille ou demain

contre un toit une femme joue
de la guitare
les bras en l'air plus bas
une fillette court après une samare
l'akène virevolte
déchire le vent en pantalon blanc

sous les étoiles en feuilles d'herbe
des rangées de cyprès s'alignent
une cité reverdit
Suse, Tel-Aviv, Pompéi

deux lucioles s'éclairent vagabondes
résistent lucides
clignotent ce n'est rien

des trèfles roses éclatent
un jardin en chemin retrouve
sa fougue qu'espère chaque printemps

L'inattendu est singulier – une eau, une rue, une main, un ciel. Le divers est né hier et vient aujourd'hui, il naît aujourd'hui et vient demain, il n'est pas né, demain encore sera la première feuille.

— Michel van Schendel

MILLE PAS DANS LE JARDIN FONT AUSSI LE TOUR DU MONDE

REMERCIEMENTS

Je remercie Anahita Norouzi, Adèle, Simon et Marcel Turcot, Diane Lizotte, Stéphane Inkel, Erín Moure, Chantal Neveu, Daniel Canty, Tangui Robert, Alexis Lussier, Martine Audet, Denise Desautels, Pierrette Tostivint, Chloé Spandonide et Paul Bélanger pour leurs présences, leurs lumières. Toutes furent fulgurantes – pensées, comme élans. Si la maladie est l'absente de ce livre que sublime le dehors, si les six lettres du mot c_a_n_c_e_r ne sont pas réunies dans le corps du texte, si chacune d'entre elles s'est diffractée en petites révolutions, c'est en partie grâce à vous.

Je salue au passage Louise Gluck pour *L'iris sauvage*, Nicole Brossard pour *les tulipes*, Fabienne Raphoz pour les *forteresses transparentes*, les *fils d'alertes* et *l'araignée comme tout le monde*, Élise Turcotte pour le *soir qui n'attend pas de sujet*, Sarah-Louise Pelletier-Morin pour les *bosquets compliqués*, Hubert Antoine pour *perdre au jeu le soleil*, Pierre-David Gendron-Bouchard pour son *plant de piment qui inquiète*, Ingeborg Bachmann pour *les ailes*, Pierre Bergounioux pour *la table de peine*, Charles-Albert Cingria pour sa formule *d'un mètre carré* et Luba Markovskaia pour *le jardin projeté dans un avenir incertain*.

Trois poèmes des *Pas fantômes* furent traduits vers l'anglais par Luba Markovskaia pour ensuite paraître dans *Arc Poetry Magazine*. De ces pages initiales découlèrent les suivantes. *Regarde fuser*, poème panoramique gravé au sommet du Mont-Royal, fait quant à lui partie d'*Escales découvertes*. Son négatif, savamment caché sur le site, le complèterait.

DU MÊME AUTEUR AUX ÉDITIONS LA PEUPLADE

Souvenirs liquides, 2019
(Finaliste du Prix des libraires du Québec, liste préliminaire)

Le livre blond, 2016
(Finaliste du Prix Alain-Granbois)

Mon dinosaure, 2013
(Finaliste du Prix du Festival de la poésie de Montréal)

Cette maison n'est pas la mienne, 2009
(Prix Émile-Nelligan)

Derrière les forêts, 2008
(Finaliste du prix Émile-Nelligan)

miniatures en pays perdu, 2006

—

LIVRE TRADUIT
My Dinosaur, BookThug, 2016
Traduction anglaise d'Erín Moure

LIVRE JEUNESSE
Derrière le frigo, La Pastèque, 2020

EN COLLABORATION
Souvenirs d'un port qui n'existe pas
Avec Tangui Robert, Sur la crête, 2021

DANS LA MÊME COLLECTION
POÉSIE

BELL, Vanessa, *De rivières*, 2019

BERNIER, Mélina, *Amour debout*, 2012

CARON, Jean-François, *Des champs de mandragores*, 2006

DAWSON, Nicholas, *La déposition des chemins*, 2010

DROUIN, Marisol, *Lola et les filles à vendre*, 2020

DULUDE, Sébastien, *ouvert l'hiver*, 2015

DUMAS, Simon, *La chute fut lente interminable puis terminée*, 2008

GAGNÉ, Mireille, *Bois de fer*, 2022

GAUDET-LABINE, Isabelle, *Mue*, 2011

GAUDET-LABINE, Isabelle, *Pangée*, 2014

GAUDET-LABINE, Isabelle, *Nous rêvions de robots*, 2017

GAUTHIER-LANDRY, Kristina, *Et arrivées au bout nous prendrons racine*, 2020

GILL, Marie-Andrée, *Béante*, 2015 (1ère édition, 2012)

GILL, Marie-Andrée, *Frayer*, 2015

GILL, Marie-Andrée, *Chauffer le dehors*, 2019

GRAVEL-RENAUD, Geneviève, *Ce qui est là derrière*, 2012

LAMBERT, Roseline, *Lac noir*, 2024

LÉVESQUE, Aimée, *Tu me places les yeux*, 2017

LUSSIER, Alexis, *Les bestiaires*, 2007

NEVEU, Chantal, *mentale,* 2008

NEVEU, Chantal, *coït,* 2010

NEVEU, Chantal, *La vie radieuse,* 2016

NEVEU, Chantal, *you,* 2021

OUELLET TREMBLAY, Laurance, *Était une bête,* 2015 (1ère édition, 2010)

OUELLET TREMBLAY, Laurance, *salut Loup !,* 2014

PARENT, Anne Martine, *Je ne suis pas celle que vous croyez*, 2016

PARENT, Anne Martine, *L'horizon par hasard*, 2023

PELLETIER-MORIN, Sarah-Louise, *Le marché aux fleurs coupées*, 2023

PINETTE, Benoit, *La mémoire est une corde de bois d'allumage*, 2021

PLAMONDON, Louis-Thomas, *Portages*, 2019

POMERLEAU-CLOUTIER, Noémie, *Brasser le varech*, 2017

POMERLEAU-CLOUTIER, Noémie, *La patience du lichen*, 2021

SAGALANE, Charles, ^{29}*carnet des indes,* 2006

SAGALANE, Charles, ^{68}*cabinet de curiosités,* 2009

SAGALANE, Charles, ^{51}*antichambre de la galerie des peintres,* 2011

SAGALANE, Charles, ^{47}*atelier des saveurs*, 2013

SAGALANE, Charles, ^{73}*armoire aux costumes*, 2016

SAGALANE, Charles, ^{96}*bric-à-brac au bord du lac*, 2018

SAGALANE, Charles, ^{7}*du premier au dernier jour*, 2024

TREMBLAY, Stéfanie, *Musique*, 2022

TURCOT, François, *miniatures en pays perdu*, 2006
TURCOT, François, *Derrière les forêts*, 2008
TURCOT, François, *Cette maison n'est pas la mienne*, 2009
TURCOT, François, *Mon dinosaure*, 2013
TURCOT, François, *Le livre blond*, 2016
TURCOT, François, *Souvenirs liquides*, 2019
TURCOT, François, *Les pas fantômes*, 2024
TURCOT, Simon Philippe, *Renard*, 2015
VOYER, Marie-Hélène, *Expo habitat*, 2018
VOYER, Marie-Hélène, *Mouron des champs*, 2022

La Peuplade a été fondée
par Mylène Bouchard
& Simon Philippe Turcot.

Direction littéraire
Mylène Bouchard

Édition
Mylène Bouchard
Paul Kawczak
Marc-Antoine Gilbert

Révision linguistique
Pierrette Tostivint

Correction d'épreuves
Caroline Louisseize

·

Design graphique et mise en page
Atelier Mille Mille

Photographie en couverture
Anahita Norouzi

Les pas fantômes a été mis en page en Lyon,
caractère dessiné par Kai Bernau
en 2009 et en Din Next, caractère dessiné
par Akira Kobayashi en 2009.

Achevé d'imprimer en France
par CPI en mai 2024.

No. d'impression : 2078543